活寶

烏龍院 精彩大長篇

14

漫畫

敖幼祥

人物介紹

烏龍院師徒

長眉大師父
面惡心善的大師父，不但武功蓋世、內力深厚，而且長眉毛的直覺奇準。

大師兄阿亮
體力武功過人的大師兄，最喜歡美女，平常愚魯但緊急時刻特別靈光。

烏龍小師弟
鬼靈精怪的小師弟，很受女孩子喜愛。為延續活寶生命讓「右」附身，成了內陰外陽。

大頭二師父
菩薩臉孔的大頭胖師父，笑口常開，足智多謀。

活寶「右」「左」

活寶「右」為長生不老之陰陽同株的「陰」，活寶「左」為陰陽同株中的「陽」。「右」和「左」歷經劫難，現分別附身在小師弟和沙克·陽身上。

艾飛和艾寡婦

艾寡婦是斷雲山樂桃堂的老闆，其丈夫為尋找活寶而失蹤八年。女兒艾飛曾陰錯陽差被活寶「右」附身，在活寶「右」轉換宿主到小師弟身上後，隨即進入休眠狀態，被沙克·陽綁架。

沙克·陽

煉丹師沙克家族的唯一繼承人，因為強大的野心，甘心讓活寶「左」附身，以獲取更大的力量，卻不料反被「左」所控制，成為傀儡，性情大變惹火不少家族中的人。

老沙克

沙克·陽的父親，人稱沙克老爺。因為自己的壽宴，把所有追逐活寶的相關人等，全都吸引到藥王府來，正密謀奪寶行動，同時取得活寶雙株。

馬臉

被沙克‧陽殺害的胡阿露的手下，因為驚覺沙克‧陽被活寶「左」附身後，已不顧手下死活，決定不再忠誠事主，和季三伯共謀反叛，計劃為胡阿露報仇。

貓奴

曾為青林溫泉龐貴人的傳令，身手靈活武功高強，視活寶「左」為仇人，一心想為被其殺害的龐貴人報仇，所以找上了正被「左」附身的沙克‧陽，卻不小心愛上了沙克‧陽

竈者

曾經去過秦王陵墓的盜墓者，是三十二名入侵陵墓的人之中唯一存活下來的人，雖身中劇毒全身腐朽，卻握有進入陵墓的關鍵密碼。

包整

刑部尚書大人，新官上任三把火，暫居在烏龍院調查林公公失蹤在斷雲山事件，懷疑整件事並不單純，將調查重點放在烏龍院師徒，以及活寶的身上。

目錄

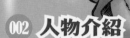

老沙克虎毒不食子

沙克·陽是活寶「左」的擋箭牌

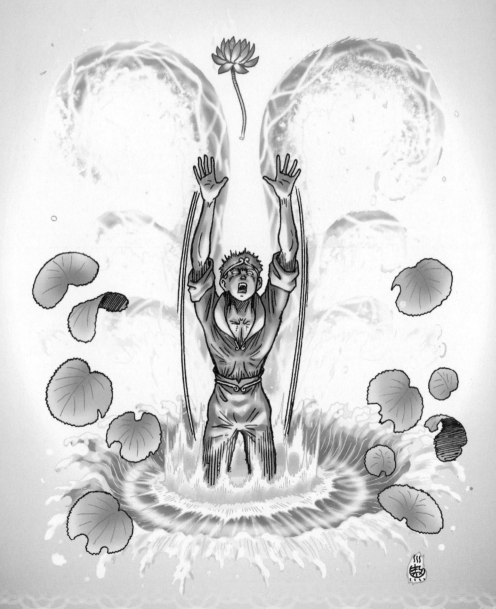

少爺，裡面發生什麼事了？

閃開！

你緊張什麼？我又沒吃掉他。

少爺完全失去他的本性了…

他再也不是從前的沙克‧陽了…

先進去看看老爺子怎麼樣了……

老爺子！

KA

這是沉木的碎片！

為何滿地都是？

啊叮！

老爺！！

老爺子，
您沒事吧！

唉！

用盡畢生之力
想要追回活寶，
沒想到到頭來
要對付的竟是
自己的兒子。

骨轆!

骨轆!

你又來做什麼?

骨轆!

我來找你呀!

上次你交給我的藥粉,害得我殺機纏身!

沙克·陽瘋了，他殺了胡阿露，又差點把我搞死，我不找你，我去找誰呀？

我是個殘廢，找我何用？

我們一起討這筆債。你對沙克·陽已經不爽很久了，對吧？

我們到那間屋子裡去說話。

喲！這是什麼地方？

藥研所，我工作的地方。我負責藥王府的新藥開發。

喲～
一塵不染！

聽說愛乾淨的男人
都很　　細心！

巧克力！
我的最愛！

咦？

什麼口味？

榛果？

薄荷？

核桃？

那是用蛇膽和
毒蠍子做成的
清肝丸。

你對現在發生的事知道多少？

烏龍院的人已取回活寶「右」之首。

而且已奔來藥王府要從沙克‧陽這裡奪回艾飛。

也就是說現在，兩個活寶都在這裡了！

SLOOM

SLOOM

SLOOM

誰最終能得到，誰就是主宰者。

你可知道，我的父親老煉丹師有茵月蟲，能剋活寶？

愈危險的地方就愈安全……

他量你父親再狠也不會殺子的。

咦?為什麼你是沙克‧陽的哥哥,卻叫季三伯呢?我還以為你是……

那是醫界對我的美稱,因為我對藥學小有研究,他們認為我是華陀、扁鵲之後的第三人,我叫沙克‧季,所以就叫季三伯。

帥呆了!你比沙克‧陽要實在多了。

咦?

你在寫什麼?

永生不滅的王

哇！
真炫！

阿露姐常說：
活就要活得精彩，
要追求心裡想
得到的。

#3

我幫助你，取得
宗主大位！何必
在此忍氣吞聲，
做個藥劑師呢！

事情愈變愈複雜，都快看不明白了。

接下來我該怎麼辦呢？

是他！

他走進荷花池做什麼？

這裡是…我家的荷花池！
我是什麼時候到這裡的？

為什麼？我都不記得了！

你應該還記得我吧？沙克少爺！

左！

嘻嘻嘻！
答對了！

今天已經和你老爸照過面了，他對「你」有點生氣哦！

你……你做了什麼？

只是好奇想看一下當活寶面對菌月的時候，會發生什麼事……

嘿嘿！很刺激呢！

原來你老爸竟然把菌月蟲養在自己肚子裡，很陰險的一招！

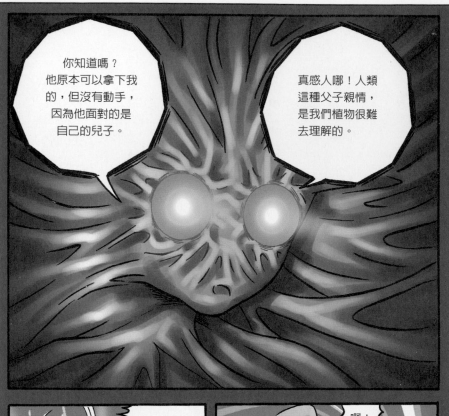

你知道嗎？
他原本可以拿下我
的，但沒有動手，
因為他面對的是
自己的兒子。

真感人哪！人類
這種父子親情，
是我們植物很難
去理解的。

你憑什麼
代表我？

憑什麼？

你給我出來！

啊！

來不及了！
沙克‧陽！

對嘛！

這才像帥氣的沙克‧陽！

走吧！
去看看我可愛的艾飛。

艾飛也在藥王府？

嗆！

你想辦法把他引開！

去！

這麼老了還隨地小便！真沒水準！

滋

回來！又有人出現了…

出來這麼久也不打聲招呼。

就是嘛！

小聲點！

急得我們到處找你。

我正在跟蹤沙克·陽。

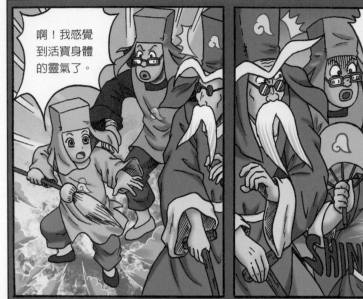

第103話

葵花園步步是危機

迷宮裡亂象叢生活寶之首顯神功

葵園，
繁花似錦。

這是沙克·陽十六歲的時候他父親送他的禮物。沙克·陽少年時期幾乎都在這裡練功和學習。

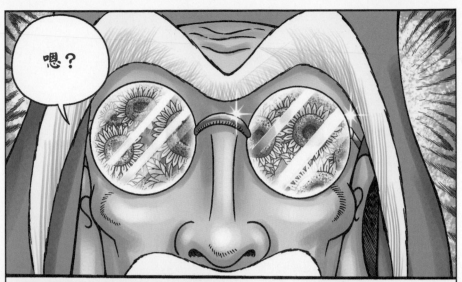

師父！我們又回到十分鐘前的原點了！

你怎麼知道？

因為我剛才在這裡偷尿尿。

看來我們進入葵花迷宮了！

長眉，不能困在這裡，我們直闖前進，總會有路的。

好，我來開路！

YEA!

CUT!

感覺到大約有六、七人，腳步輕盈，看來是輕功高強的殺手！肯定一場硬仗哪！

AAA!

Kan

肥雞！

咕咕？

好了啦！
沒事了！

剛才的幻境
實在超恐怖！

竟然看到自己
變成油鍋裡的
炸雞……

第104話

朝陽樓前冤家路窄

焦慮的「左」絕命手印漫天蓋下

找不到那你們
還來幹什麼？

回來告訴你
死了這條心！

……

你這個白痴
懂什麼？！

哎呀！

喂！住手！
你怎麼罵人哪！

死肥豬！
你還要本少爺
再罵一次嗎？

你敢羞辱
胖師父！

教你「N」次了！出拳時要用腰出力，這才會……

PON

快～～

胖師父！！

SQUEA

哎呀！你的肥臉也歪了！

恐怖！他的左拳迅如閃電！

閃開！

連續被打趴兩個，太沒面子！

讓我來教訓他一下！

長眉冷靜點！沙克·陽現在被左附身。

你打不過他的！

出手被打臉，不出手更丟臉。

烏龍院當家右勾拳！

註：「棒槌」是長白山採參人對野參的專有稱呼，當有人尋獲野參的時候會大聲地喊叫「棒槌！」讓有經驗者來執行挖參的程序，然後聚在一起再由最有經驗者來執行挖參的作業。

你…

你…

你怎麼會知道我的小名？

等等…不可能！

你…你一定是瞎矇的！

我不會受騙的！

啊咧！

你的莖部第三節有七個黑斑。

那是小時候你被土蚯蚓咬的！

不可能

對我的祕密如此熟悉，除了我心愛的「右」之外，就沒別人了，你…你到底是誰？

哼！討厭！

說了這麼多還不知道我是誰！

幹嘛盯著人家呀！討厭！

你不是烏龍院的小師弟嗎？

嗅 嗅

你的身上為什麼會有我女朋友體臭的味道？

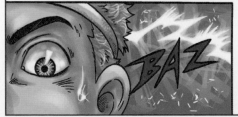

BAZ

EEEK!

你說什麼「體臭味」？那是我的「參香味」！

難道你......

你是「右」的肉體附身！

你反應真夠慢的。

右

天哪！真的是你！

鬱卒的心情一下子全都開朗了！

別這樣！我滿臉都是你的口水！

我實在激動得難以控制這個身體！

啵 啵 啵 啵

喂！喂！太肉麻了吧！

看得真不習慣！

可惜你的頭已經拿不回來了！

是嗎？你看看這是什麼！

這是……

活寶之首

你剛才為什麼騙我說是沉到海底去了？

A

那是……那是……

考驗你是不是真的在乎你的女朋友嘛！

你先別激動！

聽我解釋！

要不是烏龍院師徒的保護，恐怕活寶之首真的是隨著極樂島火山的爆發而沉入海底了。

所以你要很有禮貌地謝謝烏龍院師徒。

是！

遵命！

感謝各位大恩大德，對我女友的照顧！

磕頭

磕頭

磕頭

哇塞！他好聽你的話哦！

能不能叫他表演小狗尿尿？

以後你不要再亂用沙克·陽的肉身惹是非了，等我合體之後，我們一起回長白山去吧……

嗯！一切聽你的。

哇嗚～

哼！

這個「左」回到女友身邊的前後，真是判若兩人。

可不是嘛！真是天下一物剋一物呀！

弟子明白！就像師父專門剋我一樣！

哎喲…

就在這！

艾飛呢？帶我去見她。

請跟我來。

艾飛！

我把活寶之首帶回來啦！

合體之後一定幫你重返人間！

一絲不掛！

親愛的，其實我…

我只是想摸摸她…

為什麼脫光光？你又犯色了嗎？

哎呀！你誤會啦！

什麼？摸什麼？

摸摸她身上的你……

哼！這還差不多，原諒你一次。

EEEK!

等我們把艾飛帶走後，你們再打情罵俏，行不行？

就是嘛！

既然都已經到齊了，就趕緊合體吧！

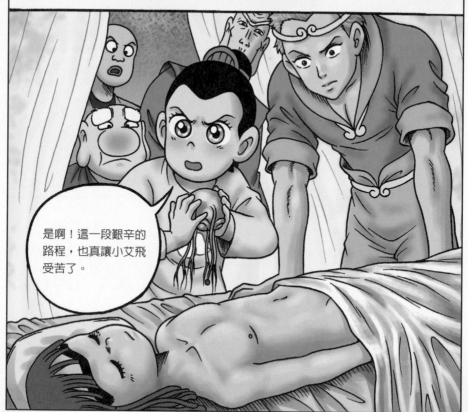

是啊！這一段艱辛的路程，也真讓小艾飛受苦了。

活寶合體！

歷史性的一刻。

好緊張。

等一下

得先幫她翻身才行。

好了！開始吧！

THROW

第105話

青絲帳裡靈體出竅

稚女涕淚縱橫小艾飛歸返斷雲山

親愛的！
你怎麼了？

師父！我怎麼
會在這裡？

小徒弟還原
回本尊啦！

艾飛已經超過七七
四十九天大限，我
剛才耗費數倍的原
力，才讓她復生。

好累！
快虛脫了…

歷經無數困難
闖過五關。

如今總算
是如你所
願了！

那麼
接下來呢？

先前已經承諾
過了，合體之
後我倆將會歸
返長白山。

嗯。

此後再也不
沾惹俗世塵
埃。

我並不是問你們要去哪裡……

我的意思是…咳…這個…

然後你們也可以回去了啊!

對呀!

聽不懂嗎?我是說這個……

本院已經幫你把事情搞定了,然後呢?

大師父,讓弟子來為您翻譯吧!

去。

二位好!

我是烏龍院接班人

阿亮!

剛才本院英明的長眉大師所說的意思是……

本院非常辛苦才把活寶拼湊齊全,你們什麼時候才要支付費用呢?

明白了嗎?

大師父，弟子表達得夠清楚吧？

行。

我們又沒說過要給你們錢！

行俠仗義還要錢嗎？

大師父，振作呀！

想拍拍屁股一走了之嗎？

行俠仗義也有開銷呀！要不然怎麼活？

破產了？

本院為了尋找活寶，已經欠了一屁股債啦！

那你們想怎樣？

怎樣？

怎樣？

怎樣？

怎樣？

我說:「算了吧!」

什麼?

算了?

當初是人類抓走了活寶,現在我們也只不過是把活寶送回來而已。

所以,算了吧。

那種拍胸脯的大話可不能亂說!

憑什麼說算了?

這筆大爛帳你來頂嗎?

憑什麼說算了?

我這個接班人都不敢吭氣。

你算老幾呀?

憑什麼說算了?

噢……
我在哪裡？

艾飛醒了！

小艾飛！

哇！我為什麼脫光光？
你們想幹什麼？

嗨！艾飛！
記得我嗎？

！

你又是什麼
鬼東西？

掐死你這個
蘿蔔精！

喂！這是我女朋友！

好不容易才拼齊的！

放手呀！

不能搶！

你完全不記得了嗎？她就是「活寶」！是她救了你的。

居然罵我是蘿蔔精！

我暈了幾天了……

五……

五天？那麼久啊！

是五十五天！

AAAAA

完蛋了！

功課還沒做！

衣服還沒洗！

唉～

媽媽一定會很生氣。

大雄呢？怎麼沒有見到牠？

大雄…… 牠…

大雄！

大雄牠已經……

牠已經那個……

大雄已經
怎麼了？

大雄牠
已經……
已經……

大雄牠已經
去了很遠的
地方，暫時
不回來啦！

牠愛上一頭超美的
母羊，環遊世界度
蜜月去囉！

幸虧傻徒弟
解了圍。

對 對 對

師父讚美我耶！
那就再多說
一點！

大雄一把年紀還能追到美眉
實在是不容易呀！兩位師父
就是缺少這種艷福……

咩～

為何說實話反而被你扁……

閉嘴！

艾飛！

你要去哪裡？

我要回家。

出來這麼久，媽媽一定很擔心我的……

放心吧！你母親過得很好，她有個張書生在照顧著，幸福得很呢。

大師兄！

？

張書生是誰？

她怎麼可以沒有經過我的同意，就自己去找新爸爸呢？

那我的舊爸爸怎麼辦？

我不要！我才不要！

別哭了！小艾飛！

你爸爸已經……

嗚…

長眉爺爺這就帶你返回斷雲山。

本想紅塵渡眾生，
誰知渡世事更多。

真是自尋煩惱！

撤！

是

是

好唄。

唉……

長眉爺爺抱抱。

快點離開藥王府，免得節外生枝。

聽到沒有！你們兩個趕緊跟上。

噢！

來了！

朝陽樓

就這樣兩手空空地回烏龍院，真是白忙一場！

大師兄，你想太多啦！

比起失去那麼多的艾飛，我們已經很幸福了！

你們在說我失去什麼呀？

啊？是他說的！不是我說的……

喔！我…我…我是說…

他的意思是說你…

失去了很多寶貴的時間。

對呀！這段時間我完全想不起來發生了什麼事…

都是你啦！害我差點又挨罵！

幹嘛全部怪我啦！

廢話少說，走快一點。

噢！來了！

我們也必須趕緊離開藥王府。

活寶的剋星菌月蟲就在老煉丹師的身上。

天哪！萬一他追來了怎麼辦？

這是他兒子沙克‧陽的身體，我想他暫時還不敢動我。

左。

歷經這麼大的波折，你還會迷戀人類的世界嗎？

那你就留在這裡繼續享福好了！

哎呀！開開玩笑嘛。我怎麼敢呢？

說實在的，看不完的美女，吃不盡的美食，令我難忘…

返回長白山之後，我就完全屬於你囉！

哼！誰曉得！那裡也有漂亮的雌野參哪！

第 106 話

貓奴靜止的鈴鐺

捅向沙克・陽的匕首成了導火線

奇怪！烏龍院的人都離開了。

沙克‧陽一個人留在樓上做什麼？

喵

好！上去看看！

喵

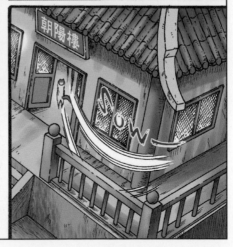

朝陽樓

別衝動！
慢慢前
進……

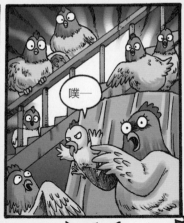

噗—

嘶—

喵 喵 喵

喵 喵 喵

喵

ㄚˋ

OH!HOHO...

噢！找我？

喵嗚！我是來找少爺你的嘛！

羞死了！我怎麼會說出這麼噁心的話……

現在不行呀！噓～

我女朋友在樓上！

對不起！我不知道你有女朋友！

如果不方便的話，我先走好了！

趁機快閃。

慢著！

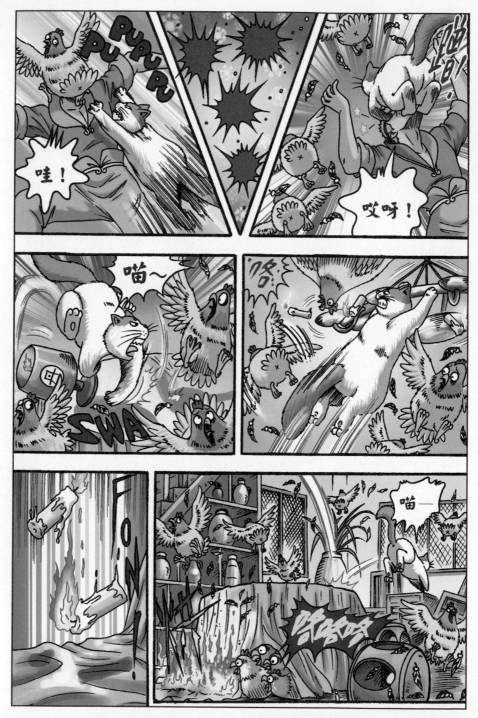

樓梯!

好燙!
火勢延燒上來了!

火衝上來啦!

哇呀!

八斤，快點找到出口！

喵嗚～

放我下來！

閉嘴！

没路了！

我警告你，
快點放手！

喵！

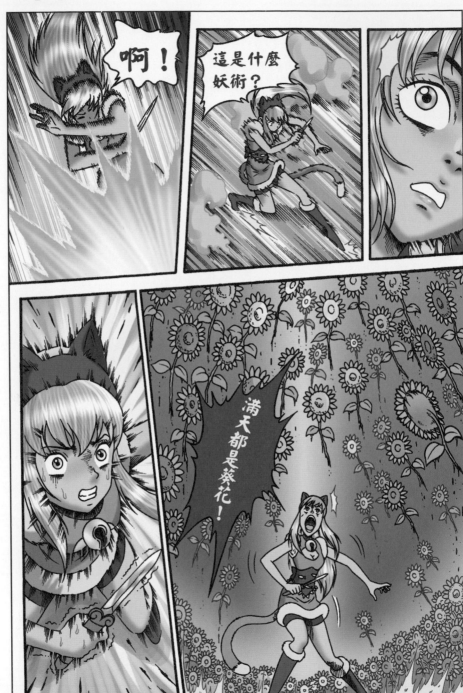

「左」！
我在這裡！

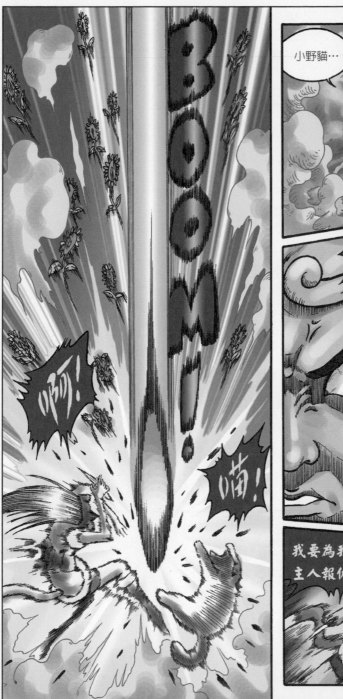

小野貓…

你為什麼要
這樣做?!

我要為我的
主人報仇!

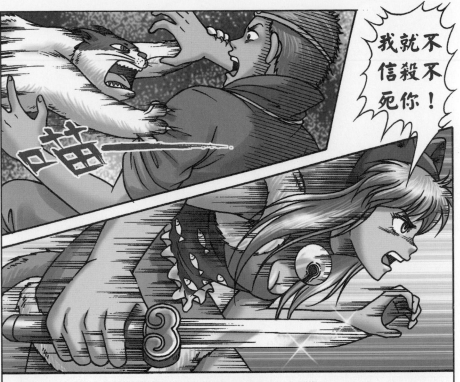

為什麼你身上會有右的體味？

難道說你曾經和活寶接觸過？

她可能是在青林溫泉侍候龐貴人的時候，浸泡過駐顏湯。

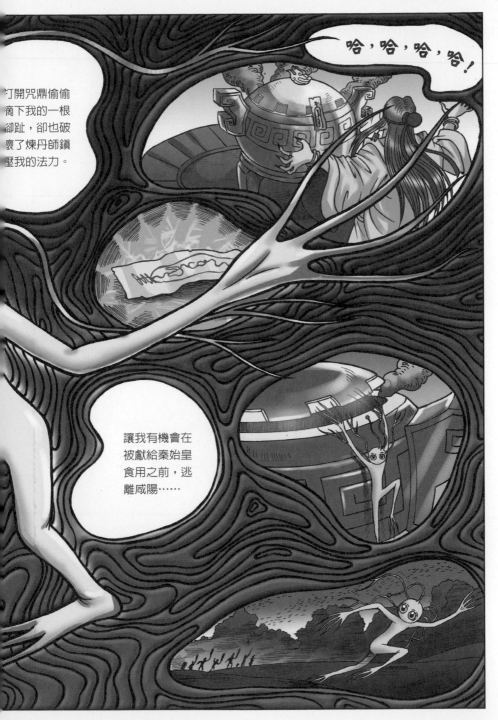

啊

左！

快把她移開！悶死我啦！

右！

咦？怎麼不見啦！

喵～

我在這…

有一股力量正把我吸往她身體裡面！

喵！

哇！被黏住了！

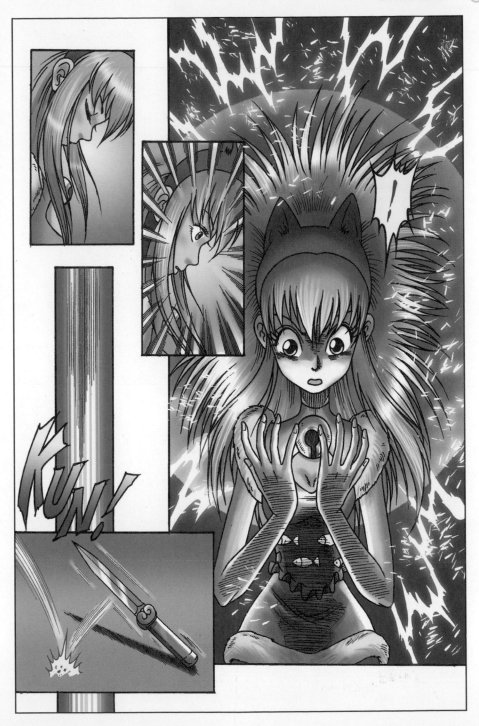

第 107 話

曙光遭黑雲遮蔽

從老沙克腹中狂湧而出的菌月

哈囉！我們是活寶！

對呀！難不成要用原身在路上跑？那不是嚇死人了！

哼！

啊

此地不宜久留，先離開這裡再說！

你們兩個以為能就這樣一走了之嗎？

老沙克！你想幹什麼？

我？當然是在等著收網裡的魚囉！

他就是沙克·陽的父親,身上養著菌月蟲的煉丹師!

他是要抓我們!

不!

我被禁錮了一千多年,再也不想被關了!

別再反抗了!這是命中注定的,我會留你們一條生路!

沙克·陽是你的寶貝兒子，連他你也想殺掉嗎？

阿阿…我怎麼會動手殺我兒子呢？

我只不過是，借用我兒子的身體來取得活寶而已。

我們兩個合力，
不見得會輸他！

我得抓緊時間才能
保住陽兒性命。

無塵、有儉！

在！

第108話

竄者的數字怪詩

用生命換取秦王陵墓的路線圖

啦月啦月

啦月♪～

馬妞，你可以說一下我們是要去哪裡嗎？

我要帶你去見一位「竄者」。

「竄者」是什麼？

「竄者」就是盜墓賊。

他們專門偷死人的陪葬物！

像老鼠一樣，在地下幹活！

你帶我去找這種人做什麼？

聽說這個竄者曾經⋯

咳

咳

聽說他曾經去過秦王陵⋯

咳

咳

而且聽說進去的三十二個人裡，只有他倖免重傷逃出來。

聽說的事情太不可靠了。

我父親花過多少金錢去買聽說的消息，沒有一個是真實的。

我這個「聽說」是有證據的哦！

你先瞧瞧袋子裡的東西！

這是秦朝煉丹師獲法專用的「六道勾篏」！

這個箭頭就是從今天要帶你去見的竄者身上取得的。

怎麼樣？我的三伯，現在你感興趣了吧！

到了。

喂！我是馬妞！

我把神醫給請來啦！

快點！我哥愈來愈嚴重了！

啊！這就是神醫嗎？

六妹！你帶人回來做什麼？

我…只是想找醫生幫你療傷……

哇塞！屋裡的腥臭味令人作嘔！

自身殘疾還妄想醫我嗎？

嫌臭就別進來！

看樣子你是中毒了。

廢話！難道我的樣子看起來像是中樂透嗎？

你現在的症狀是胸口悶脹哮喘多痰。

皮下出膿，全身如蟻叮身！

雙腳烏黑，十趾麻痺，已經不能行走了吧！

啊！你…怎麼…知道得這麼清楚？

那當然囉！因為他是藥王府最厲害的季三伯…

喂！你去拉他擦穢物的污布幹什麼？

快點丟掉！

一葉知秋。

變態！你還拿來吸…吸…

吸。

你的血尿已經由淡紅轉劇為鮮紅，如果再不及時遏止毒體擴散，恐怕就……

恐怕會怎樣？

兩天之內，血崩而死。

是啊！進去陵墓的其他三十一個兄弟，全都成了一灘灘的血水⋯⋯

快把髒布扔掉！

神醫！求求你救救我哥！

先別急！要他先交出進入秦王墓的路線圖，再醫治他。

一個祕密換一條命，免得他耍賴！

你少威脅我，大不了帶著祕密一起入土！

你們永遠也找不到秦王陵墓的！

你在跟我討價還價嗎？馬妞我在市場買菜可從來沒輸過！

算了！我先醫他再說吧！萬一他真的死了怎麼辦？

三伯呀！你真是老實得可愛…

我是個醫生，見死不救有違醫德。

你要聽經紀人指揮才不會吃大虧！

江湖險惡呀！

懂嗎？

但是我必須告訴這位死裡逃生的竄者，

如果不能解開秦王陵墓的祕密，你那三十一位弟兄就是白白犧牲了…

說得好！你過來，我有事交待…

……

好小聲！

嘰哩咕嚕在說些什麼？

半首詩？

他……只說了半首詩！

沒搞錯吧！這種時候還有心情吟詩作對？

這半首詩算是預付，治好我之後，會再給半首詩作為尾款。

這首詩裡面，有進入秦王陵墓的祕密。

不必跟我弄得這麼複雜，放在眼前只有生與死兩個選擇。

不用簽約嗎？

若是我能讓你活下來，記得履行承諾就好了！

現在開始治療。

嗯

嗚～

坐

立

難

安

唉！計劃完全失控，貓奴竟然連人都失蹤了！

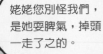

姥姥您別怪我們，是她耍脾氣，掉頭一走了之的。

本來在台上很正常，沙克·陽一出現，她就失了魂。

他們兩個還摟著腰唱情歌，真是肉麻死了……

住口！

追根究柢，你們就是嫉妒她！

我們在藥王府四處找過，實在找不到才回來的。

唉！

我現在也是六神無主了，祈禱她平安無事吧！

姥姥，不如向神明卜個卦，問一問。

對呀！對呀！

唉！也好，就求個籤吧。

姥姥，我來扶您！

萬應的黑貓女神啊！讓您的神力導引我們走出幽谷吧！

貓奴這孩子靈巧聰慧，如今不知身在何方。

萬應的黑貓女神！請您指點迷津！

第**109**話

拾起簡單放下難

不請自來的酷吏瞄準了烏龍院

就是嘛！

兩隻腳都快走斷了！

但是看到艾飛母女團圓，真是令人開心哪！

……

送艾飛回斷雲山真是有夠累的。

這段日子白忙一場，覺得我們四個像白痴一樣。

哎呀！這麼久沒回來，院內不知變成什麼樣了？

走快點，到家啦！

肯定是灰塵淹腳踝…

盆栽變雜草…

回去之後整理我房間，洗被單、拖地板、燒開水、沖壺茶…

我就知道回來沒好事！

你先把門口的垃圾清一清！

不會吧！

離開的時候我才清乾淨的，怎麼會有垃圾？

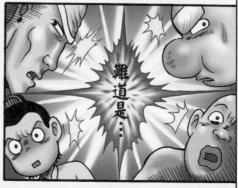

難道是…

院內有異類入侵。

烏龍院防衛隊形！

師父，我們人在外，敵在內…

改成攻擊隊形！

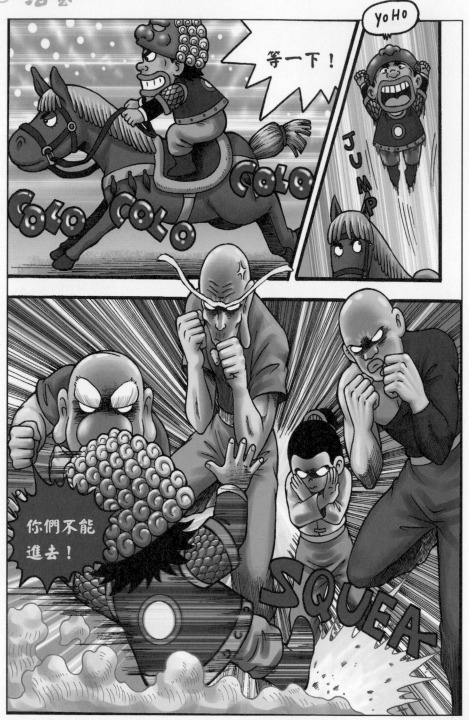

不能
進去？

蔡捕頭，這是
什麼意思。

你來得正好，
有賊入侵烏
龍院啦！

誤會了！
不是賊啦！

你們先
不要進去！

都怪你們這段
時間失蹤太久
了。

到處找都沒你
們的下落。

因為以為你們出
意外通通掛了！

所以，我就把烏龍院
租給別人啦。

有沒有
搞錯？

誰叫你
租的？

哇塞！房子裡塞了這麼多兵？

至少有一個營的人。

就算是來一個師，也要轟出去！

外面為何有
騷動之聲呢？

咦？

阿亮！

師父來啦！

鶴影大挪移！

有高手！

嘖。

好犀利的白鶴拳。

老頭子的八極掌力道真猛!

原來是屋主回來了！多有得罪。

和睦相處嘛…

對嘛！

聽到沒有？你們對本爺要客氣一點！

官佔民房！這筆帳怎麼算哪？

對呀！要加收兩倍租金。

房子是蔡捕頭提供的。

你們找他收錢！

長官！我可沒編列預算呀！

本座此次奉命調查刑部林公公失蹤之重大案件。

有些疑點正好問問你們。

卷宗

哦!

那我再請問各位一件事。

離開烏龍院的這段期間,你們都去了什麼地方?

關東

河南

江西

塞北

誰叫你說關東的？

我們雲遊四海！雲遊四海！

對！對！對！

你為什麼說河南？

幹嘛怪我？

在本次調查期間，還發現了一件非常不尋常的事情。

這個東西叫「活寶」，聽說是長生不老的古參。現在已流傳到民間，引起不小的騷動。

各位的神色看來是隱藏了一些祕密…

哎呀！哪有什麼祕密！

只是覺得有點悶。

阿
阿
阿

你是不是知道這件事？

如果知情不報，就把你關進大牢以刑罰逼供。

呃！

大師父……

喂！姓包的！不管我知不知道都一定會告訴你，可惜我也不知道自己知不知道。

我現在以烏龍院掌門人的身份,要求你們立刻滾出這裡!

長眉……

弟兄們別衝動！既然屋主不歡迎，咱們就別為難他吧！

反正這種爛地，本座勉強留宿，也已經住煩了。

看吧！早該裝修了，現在被外人嫌棄！

閉嘴！

長眉，你最好
牢牢記住本座
的名字。

「包準整死你」
的包整。

……

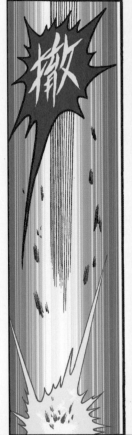

哇

閃人動作
超迅速！

喔！真是不好意思吶！

我剛好也很忙。

所以……

蔡捕頭你別閃！我要和你算房租！

撒～

進門前才剛說不再提活寶，卻馬上又找上門來，現在連官府也涉入追查……

唉，我看要放下也難哪……

說起你今天的表現，我就一肚子氣。

把那個全身流膿的竊者治好了，卻什麼也沒得到。

本姑娘可是花了很大的代價才得到這條線索的！

就這樣兩手空空回去了？你說有多虧本哪！

其實那名竊者有履行諾言，說出了另外半首詩。

拜託！那是什麼爛詩？

上半首是：
壹參貳肆柒陸伍。
下半首是：
貳伍柒壹參肆陸。

我看這肯定是在騙人！騙你這二楞子！

不會吧！

我感覺他很有誠心的。

救命！
老實得無可救藥了…

只不過我聽不懂這首詩的意思是什麼……

壹參貳肆柒陸伍，貳伍柒壹參肆陸。

廢話！

所以說你老實嘛！

那種竊者專偷死人的東西，你還跟他搏感情…

以後再慢慢研究！先回藥王府吧！

我說，
我親愛的帥哥哥！

為什麼？

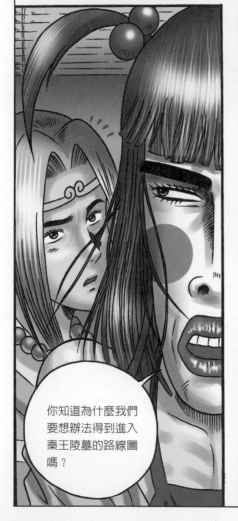

你知道為什麼我們要想辦法得到進入秦王陵墓的路線圖嗎？

在這場賭局裡，你必須要有籌碼。

而這張圖就是你的王牌。

停車！

無塵！
你這是幹什麼？

我在等大少爺！

大少爺去哪裡了？
老爺急著找你。

父親找我？

喂！

喂！

．．．．．

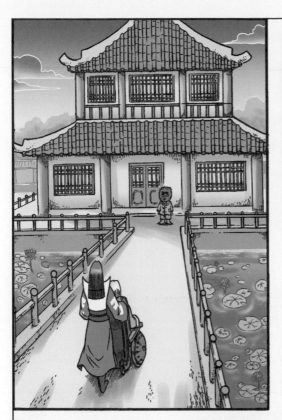

進來。

老爺，
大少爺到
了。

啊！他們的
背後是……

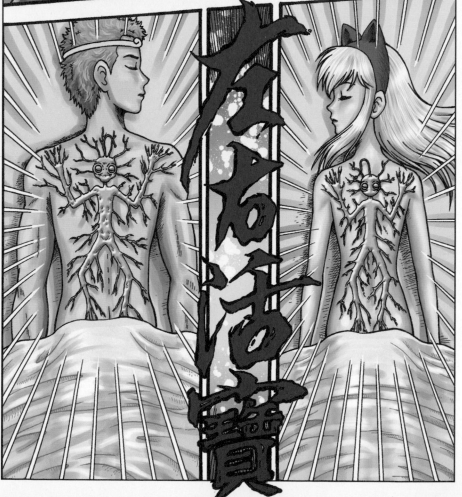

煉丹師沙克家族，
千年來追捕的獵物
現在就在你眼前。

恭喜父親大人
完成了心願
……

恭喜？

有何好恭喜的？

沒看到你弟弟也
躺在裡面嗎？

你很高興是不是？

使不得呀！當時少爺是用刀直接剖出，實在有點……

現場血肉模糊，簡直像個屠宰場……

但是……

別說了！我不會讓陽兒受這種苦！萬一失手了怎麼辦？

如果不施行分割手術，恐怕弟弟他……

你給我閉嘴！

你以為自己現在醫術很行了，是不是？

陽兒是煉丹師家族唯一的傳人，萬一有個三長兩短，你承擔得起嗎？

下集預告

　　竊者的噁心繃帶加上一首奇怪的數字詩，讓季三伯拼出了進入秦王陵墓的路線圖。但是最後的結尾卻出現了三個問號，難道是竊者故意留了一手？或是連他自己也無法解出的難題？

　　藥王府大隊人馬啟程前往「太乙凌虛洞」，老沙克則召來六名同門師弟，協助他「提靈煉精」的作業。這幾個煉丹師對傲慢的沙克家族壟斷藥材生意早已心存芥蒂，會真心幫助老沙克嗎？意外狀況發生得太突然，陰陽變調！老沙克的一切希望都在瞬間凍結成寒冰，由紅轉綠的琥珀閃爍著磷光，緩緩墜落在臉色慘白的季三伯額頭上，發生了不可思議的反應……

　　返回烏龍院的四師徒好不容易歇下腳，卻又遇上難纏的包整。這個綽號「包準整死你」的刑部酷吏已經盯上了活寶，並積極展開調查，究竟有何居心呢？難道在他的幕後，還有更高層的人士想要染指活寶嗎？

　　精彩故事，盡在活寶第十五集，敬請期待！

精彩草稿

在漫畫的世界裡，有些尺度上的限制是必須的，雖然會影響到內容上的強度，但還是會盡量去遵守。

這張草稿的第一格原本畫得很暴力，只是畫完之後左看右看，怎麼看都不妥當，乾脆廢掉，換一種「有趣的角度」來表現。所以就先把人物可愛化，然後再把「噴」、「割」這種原本很血腥的對白，所以在看畫面時不會引起「被砍得很慘的暴力感」，又能同時達到推展劇情的效果。最點睛的是配上了誇張的眼珠子，以及巧妙的對白。

嗯，真是改得好！

又有新人物登場了！
　　這次出現的是個官爺，名叫「包整」，他的口頭禪是：「包準整死你。」從
林公公在斷雲山失蹤至今，似乎也應該有官方的人來關心一下了吧！要不然這
麼久沒上班，沒反應也真是太奇怪了。順便也安排了讓活寶事件被官方注意到
的設計，所以「包整」這個角色在未來劇情的發展裡，說不定還有著很吃重的
戲份呢！在設計包大人的時候，想把他塑造成很有份量，辦事很穩重的形象，
所以在給他鏡頭時，都會特別做得到位一些！

早起的鳥兒

如果沒有什麼狀況，我喜歡「晨運」。

「晨運」的意思就是「早晨的運動」。

晨運的基本條件是必須早起，而且最好別超過六點半。光是這個早起的條件，恐怕很多人就做不到了，尤其是天氣冷的時候，要從暖烘烘的被窩裡爬出來，還真是不得不裡面三件、外面三件。穿上一堆衣服，就為了出門去活動筋骨。有時候，躺在床上想想這種行為，還真像傻子才會做的傻事？可不是嗎！有覺不好好睡，天才剛亮就要跑去外頭吹冷風，真是神經病！所以說，我的晨運是斷斷續續、感情用事、缺乏管理的……雖然狀況很多，但說句實在話，我還真是喜歡晨運。

住在廣州淘金坑，往東邊走，下坡快走十分鐘，繞過一個公園就能到達晨運的場地——麓湖。這片湖水範圍不大，若是努力點用小跑步的方式，大約半小時可以繞湖一圈。雖然地方比不上杭州西湖那麼華麗，但沿岸多樣化的樹林、順勢彎曲的步道、跨湖的亭台小橋，在缺乏大面積公園綠地的廣州市裡，實在能稱得上是當地的西湖了。不！應該說是比西湖更珍貴了吧！

　　清晨六點，天色要亮不亮的時候，來到這湖邊伸伸腿、甩甩手、做做深呼吸，面對瀰漫著薄薄一層霧氣的湖面，看著那映著樹影的水光隨著日出變化，從朦朦朧朧到逐漸清晰明亮，啊！多麼自然的賞心悅目呀！尤其是每天面對白紙墨線埋頭工作的我，這樣的綠色接觸真是百分之五百的健康。

　　在晨運的過程中，和大自然接觸，也是生活的一種體會。我覺得這些早起活動的人們，面貌都特別和善，甚至連他們帶出來遛躂的寵物小狗，也長得特別「和藹可親」，這和八小時之前在淘金路商店街熙來攘往、車水馬龍、個個穿著華衣的情景，可真是天壤之別。

　　沿著湖邊的路上，每天都能看到「老竿垂釣俱樂部」的釣客們，坐在岸邊靜靜地等著魚兒上鉤。他們應該是最早來報到的吧？喔！不是他們，應該是觀景台附近的那群「太極拳婆婆」，才是最早打開答錄機擺出架勢的！啊！也不是他們！應該是那幾位拿著長掃把清理昨晚遊客扔了一地垃圾的清潔工人們最早展開工作。哎呀！其實，他們也不是最早的。最早來的，應該是坐在樹下緊摟在一起像被強力膠黏住的那對情侶吧！看他們頭髮上的露珠，恐怕是從昨晚通宵纏綿到現在……

彭永祥

2009年10月於淘金路

時報漫畫叢書 FT833

活寶 14

作　者——敖幼祥

主　編——林怡君

責任編輯——李振豪

美術設計——溫國群 lucius.lucius@msa.hinet.net

執行企劃——鄭偉銘

董 事 長——孫思照

發 行 人——孫思照

總 經 理——莫昭平

總 編 輯——陳蕙慧

出 版 者——時報文化出版企業股份有限公司

台北市10803和平西路三段二四○號三F

客服專線——(〇二)二三〇四—七一〇三

（如果您對本書品質有任何不滿意的地方，請打這支電話）

郵撥——一九三四四七二四 時報文化出版公司

信箱——台北郵政七九～九九信箱

時報悅讀網——www.readingtimes.com.tw

流行漫畫線部落格——www.wretch.cc/blog/ctgrapics3

電子郵件信箱——comics@readingtimes.com.tw

法律顧問——理律法律事務所陳長文律師、李念祖律師

印　刷——華展印刷有限公司

初版一刷——二〇〇九年十一月二日

初版二刷——二〇一二年十二月十七日

定　價——新台幣二八〇元

ISBN 978-957-13-5118-6

Printed in Taiwan

活宝

為感謝大家對烏龍院系列作品的支持，時報出版特別舉辦回函贈獎活動，凡收集《活寶13》、《活寶14》、《活寶15》三冊截角，並附上已貼妥五元郵票的回郵信封（信封收件者寫上自己的姓名及住址），一起裝入另一信封中，並註明姓名、年齡、電話、住址、電子信箱，一起寄到「10803台北市和平西路三段240號3樓，時報出版社活寶活動收」即可獲得特殊限量贈品。

※贈品兌換期限自即日起至2010年3月31日為止，依來函先後順序兌換，限量五百份，換完為止。

實際贈品及活動時間若有更動，以時報悅讀網 www.readingtimes.com.tw公布為主。
時報出版保留活動內容更動及中止之權利。

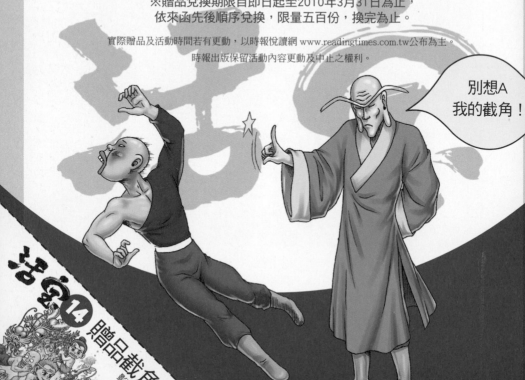

別想A
我的截角！

活寶14 贈品截角
影印無效